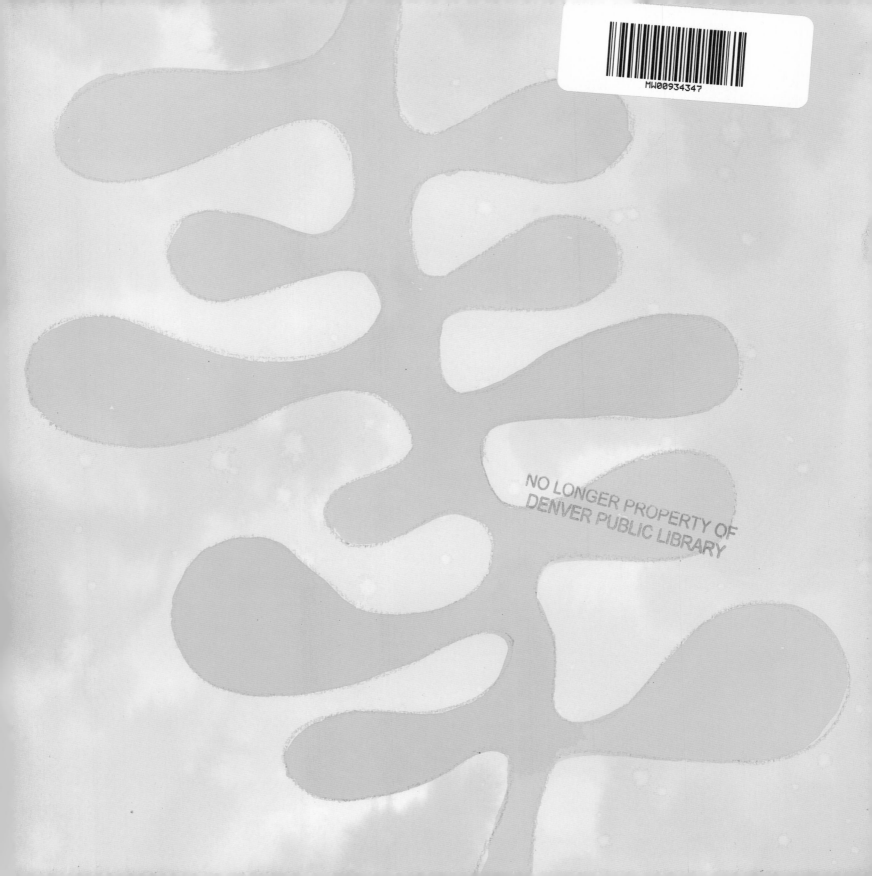

Descubre las hormigas

Gracias a las hormigas, los bosques, los campos y las llanuras de nuestro planeta quedan limpios de restos vegetales.

edebé

¿Quién eres?

"¡Hola!", dice alguien con una voz muy muy bajita.
Miras para todos lados pero no ves a nadie.
"¡Aquí, abajo!, ten cuidado ¡que me puedes pisar!".
Por fin, miras hacia abajo y ves a tus pies
un bichito muy pequeñito. "¿Quién eres?",
le preguntas. "Soy una hormiga.
¿Quieres conocerme?
¡Acompáñame!", responde.

3

Yo soy así

Bueno, voy a presentarme. Soy una hormiga. Seguro que alguna vez me has visto en el jardín, en el parque, en el bosque. ¡En cualquier lugar! Yo soy un insecto. Mi cuerpo tiene tres partes. La primera parte es la cabeza. Ahí están mis ojos, mi boca y mis dos antenas. En la parte central tengo seis patas, que me llevan a cualquier lugar. Y en la parte de atrás, que es más gordita, están mi estómago y otros órganos. ¿Quieres ver dónde vivo?

Tenemos una cámara especial donde cuidamos y alimentamos a las **larvas.**

Aquí almacenamos los **huevos** que pone cada día la hormiga reina.

Hay varias cámaras para guardar **comida.**

¿De dónde vienen las hormigas?

Las hormigas vivimos en hormigueros. Seguro que eso ya lo sabías. Pero, ¿sabes cómo es un hormiguero por dentro? Te lo explico. El hormiguero es como una gran madriguera subterránea que excavamos las hormigas con la boca y con las patas. Vamos apartando la tierra y construimos los túneles y las cámaras. Las cámaras son como habitaciones especiales: una para que viva la reina, otra para las larvas, otra para almacenar la comida...

Usamos algunas cámaras para acumular **basuras** y desperdicios.

Las hormigas **aladas** viven aquí.

En una cámara profunda vive la **reina.**

7

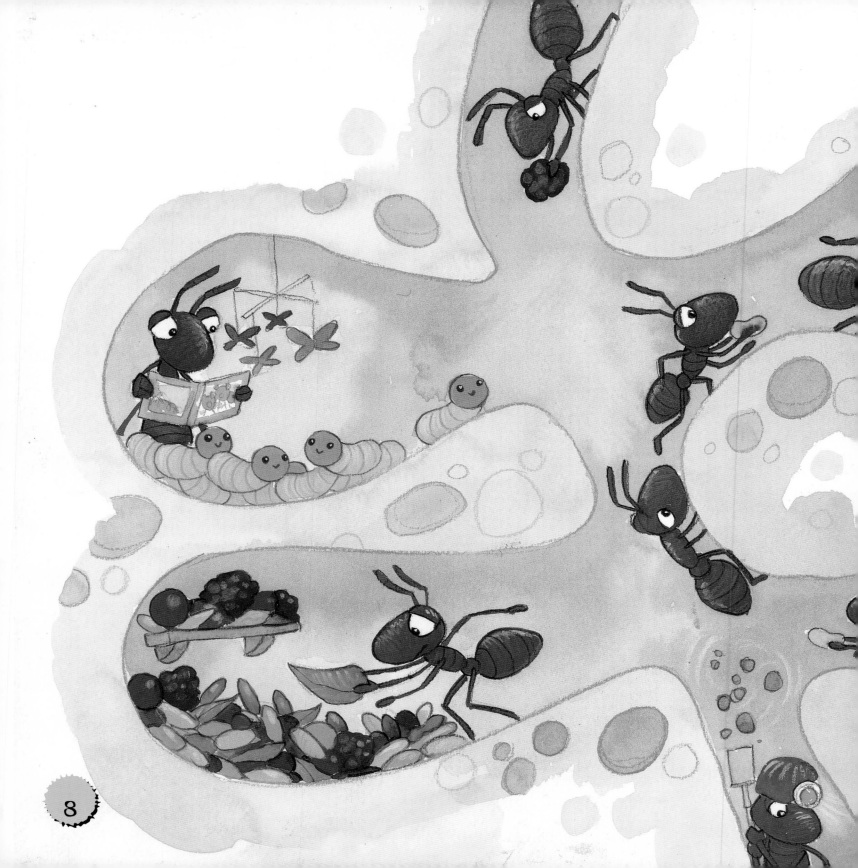

8

Mi familia

Mi familia está formada por una hormiga
reina, que es la mamá de todas,
las hormigas obreras, que son mis
hermanas, y las larvas y los huevos, que son
los pequeños de la casa. A nuestra mamá,
la reina, la cuidamos mucho. Ella no tiene
que salir nunca del hormiguero, porque
le traemos comida, nos encargamos de abrir
túneles y de cuidar los huevos que ella pone
cada día. Cada huevo se transforma
en un gusanito, la larva, y nosotras
las alimentamos y defendemos hasta que se
transforman en hormigas obreras adultas.

Los oficios del hormiguero

En casa, cada una de las hermanas obreras tenemos un oficio. Cuando somos jovencitas nos encargamos de cuidar a nuestra madre, la reina, y a nuestras hermanas pequeñas, las larvas. Cuando somos un poco mayores hacemos tareas en el hormiguero: ampliar los túneles, almacenar la comida, hacer tareas de limpieza.
Nuestro último trabajo, cuando somos más viejitas, es muy importante: nos convertimos en hormigas exploradoras.

Hormigas exploradoras

Yo soy una hormiga exploradora. Mi trabajo es salir del hormiguero cada mañana cuando sale el sol, en busca de comida para la familia. Las hormigas somos muy pequeñitas y nuestra vista no es muy buena. Para guiarnos, vamos dejando un caminito

de olor que otras exploradoras pueden seguir para llegar a la comida. ¿Adivinas qué usamos para oler el camino? ¡Las antenas! También usamos los olores y las antenas para "hablar" entre nosotras. ¡Te sorprendería saber cuántas cosas podemos comunicarnos las hormigas!

Alimento para toda la familia

Cuando encuentro alimento, como un poco de néctar,
una semilla o un trocito de carne, en seguida vuelvo
para avisar a mis compañeras. Otras exploradoras
usan el camino de olor que he dejado para traer
la comida, trocito a trocito, hasta el hormiguero.

Lo primero es dar de comer a las larvas
y a la reina, luego damos
comida a las hormigas
que se habían quedado
en casa, y al final
comemos nosotras.
Aquí en mi casa
se comparte todo
y cuando hay
comida se reparte
entre todas
por igual.

15

Guardería de hormigas

Mis hermanas jóvenes, que son las hormigas niñeras, se encargan de cuidar y alimentar a nuestras hermanas más pequeñas, las larvas. Primero recogen los huevos que la reina va poniendo cada día y los llevan a una cámara de cría. De los huevos salen las larvas, que sólo comen y comen todo el día y no pueden caminar. Las niñeras les dan la comida boca a boca y las defienden si alguien ataca nuestro hormiguero. Son las primeras en ser salvadas, además de la reina. Al cabo de un tiempo, cada larva se convierte en una hormiga más.

Hormigas ganaderas

Te voy a contar lo que hacen unas hormigas primas mías. Se dedican a cuidar ganado. Increíble, ¿no?
Es muy fácil encontrarlas en las plantas de cualquier jardín. Estas hormigas están todo el día mimando y protegiendo a los pulgones. Los pulgones son más chiquitos que las hormigas y pasan todo el día chupando la savia de las plantas. Mis primas los ordeñan para que les den un néctar muy dulce que las vuelve locas de alegría. ¡Los pulgones son como las vacas de las hormigas!

Un cultivo de hongos

También tengo primas agricultoras. Estas hormigas se dedican a cortar trocitos de hojas de árboles muy altos que crecen en la selva. A veces para bajar del árbol se tiran con la hoja agarrada con las mandíbulas y descienden suavemente como con un paracaídas. Los trocitos de hojas los llevan al hormiguero, los mastican y los colocan en el suelo. Entonces plantan unos hongos que crecen sobre las hojas y con ellos se alimentan todas. ¡Son hormigas que cultivan "champiñones"!

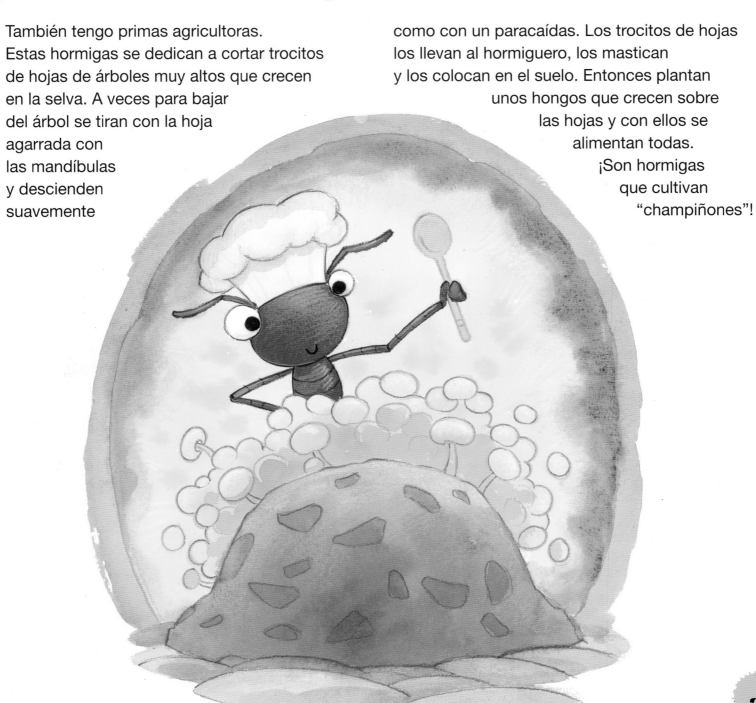

Hormigas tejedoras

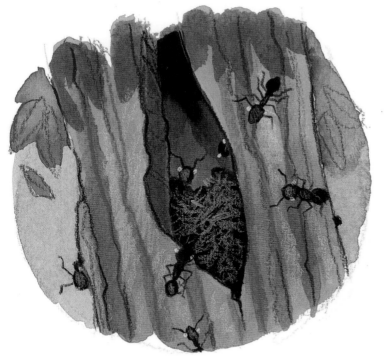

No todas las hormigas construimos el hormiguero en forma de túneles subterráneos. Algunas aprovechan troncos huecos o ramitas, o viven debajo de una piedra o de un ladrillo. Algunas ni siquiera tienen hormiguero y viven como nómadas toda su vida. Pero las más increíbles son unas primas mías que viven en África, Australia y Asia. Se llaman hormigas tejedoras, porque construyen un nido con hojas vivas de los árboles. Para tejer usan seda que fabrican las larvas. Cuando el nido está acabado, la reina vive protegida ¡dentro de una casa viva!

¡A la guerra!

No todas las hormigas son tan pacíficas como mis hermanas y yo.

Las hormigas guerreras salen de su nido y atacan hormigueros vecinos.

Algunas son muy agresivas y arrasan todo cuando llegan a la casa de sus enemigas. Otras aprovechan el ataque para capturar prisioneras y usarlas como esclavas en su hormiguero para no tener que trabajar ni salir a por comida.

Y otras, más listas que nadie, se disfrazan con olor, se meten en un hormiguero vecino, confunden a las dueñas de la casa y las obligan a trabajar para ellas.

Hormigas voladoras

A veces nuestra madre, la hormiga reina, pone huevos de los que salen hormigas con alas. Viven dentro de nuestro nido, donde las cuidamos y alimentamos, preparándolas para el gran día. Las hormigas con alas son especiales: algunas son "princesas" y otras son "príncipes". Una vez al año, por la noche, todas las hormigas con alas se van volando. ¡Qué espectáculo tan bonito visto desde aquí abajo!

Forman parejas en el aire y al final las "princesas" bajan al suelo, pierden las alas y se convierten en reinas que construirán un hormiguero nuevo.

27

Hormigas soldado

¿Alguna vez te has fijado en un hormiguero y has visto hormigas con la cabeza más grande que el resto? Esas hormigas son soldados. También puedes llamarlas hormigas vigilantes. En realidad hacen el mismo trabajo que las demás obreras, pero cuado hay problemas son las primeras en defender al resto. Tienen mucha fuerza en las mandíbulas, que son como dos tenazas fuertes en la boca. Cuando voy explorando y me encuentro con una vecina soldado me marcho corriendo, ¡qué miedo!

29

El jardín de las hormigas

Las hormigas nos llevamos muy bien con los árboles y las plantas.
Tengo unas primas –¡ya ves que tengo millones de familiares!–
que viven en África dentro de unos árboles llamados acacias.
El árbol les ofrece unas espinas huecas donde pueden fabricar
sus nidos, y les da un néctar especial sólo para ellas. Mis primas,
para devolverle el favor, limpian las malas hierbas
de los alrededores, eliminan semillas
de otros árboles para que la acacia
crezca sola y, sobre todo, muerden
a animales como los elefantes
y las jirafas que intentan
comerse las hojas.

La hormiga del bosque

Y por último quiero hablarte de la hormiga del bosque.

Es un insecto increíble que vive en los bosques de pinos y abetos.

Su nido tiene forma de montículo y lo fabrican con las agujas de los pinos.

La hormiga del bosque es muy grande y de color rojo y negro.

Si la molestas, sale muy enfadada del nido y lanza
un spray que huele como a vinagre. ¡Ojo porque también muerde!

Si alguna vez encuentras un nido,
no lo destruyas, por favor.

Ella cuida la naturaleza
y nos ayuda porque
se come algunos
insectos indeseables.
Bueno, llega la hora
de despedirme.
¡Hasta la vista,
niños y niñas,
nos vemos pronto!

DATOS INTERESANTES SOBRE LAS HORMIGAS

Se conocen más de 12.000 especies distintas, aunque otras muchas no se han descubierto aún y se cree que puede haber hasta 20.000.

Según las especies sus colonias pueden ir desde poco más de una docena de individuos que deambulan en busca de sus presas, hasta grandes superhormigueros con varios millones de habitantes.

Están adaptadas a la mayoría de los ecosistemas terrestres de nuestro planeta: bosques, desiertos, selvas, sabanas, taiga, tundra… También han colonizado con éxito las zonas urbanas. Pueden fabricar sus nidos en el suelo, en troncos o ramas… y en casi cualquier sitio.

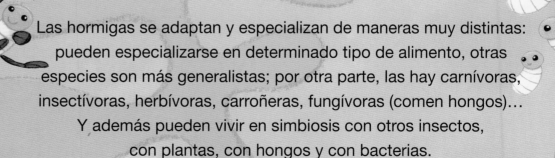

Las hormigas se adaptan y especializan de maneras muy distintas: pueden especializarse en determinado tipo de alimento, otras especies son más generalistas; por otra parte, las hay carnívoras, insectívoras, herbívoras, carroñeras, fungívoras (comen hongos)… Y además pueden vivir en simbiosis con otros insectos, con plantas, con hongos y con bacterias.

Sus sociedades, con una perfecta división del trabajo, una compleja comunicación mediante feromonas y una relación altruista con los demás de miembros de una misma colonia, las convierten en uno de los grupos animales más exitosos del planeta.

Gracias a la diversidad de tipos de alimentación, en los ecosistemas pueden representar, según la especie de hormiga, el papel de depredador, de herbívoro, de descomponedor…

Contribuyen a dispersar y multiplicar las especies vegetales al transportar de un lado a otro las semillas.

Mueven más tierra al fabricar sus nidos que las lombrices.

Contribuyen a retirar rápidamente la carroña y restos muertos de otros animales, devolviendo los nutrientes al medio. Si desaparecieran las hormigas, la mayoría de los ecosistemas sufriría daños difíciles de reparar.

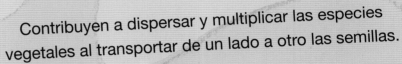

Aunque las hormigas son pequeñas, si las sumamos todas adquieren proporciones gigantescas: se estima que entre 10-15% de la biomasa (masa viva) de los animales terrestres pertenece a hormigas. En ecosistemas tropicales pueden llegar a representar el 25 % de la biomasa animal.

Descubre las hormigas

Texto: **Alejandro Algarra**

Ilustraciones: **Daniel Howarth**

Diseño y maquetación: **Gemser Publications, S.L.**

© de la edición: **EDEBÉ, 2013**
Paseo de San Juan Bosco, 62
08017 Barcelona
www.edebe.com

ISBN: 978-84-683-0788-6

Depósito Legal: B. 22109-2012

Impreso en China

Primera edición, febrero 2013